Compostela

A Poesia do Caminho

Compostela

A Poesia do Caminho

Moacir Amaral

TRIOM
Centro de Estudos Marina e Martin Harvey
Editorial e Comercial
1ª edição – São Paulo
Ano Santo 2004

Compostela: A Poesia do Caminho

Direitos desta edição para a língua portuguesa reservados a
TRIOM – Centro de Estudos Marina e Martin Harvey
Editorial e Comercial Ltda.
Rua Araçari, 218
01453-020 – São Paulo – SP – Brasil
Tel./fax: 11 3168-8380
e-mail: editora@triom.com.br – www.triom.com.br

Fotos: Dercy Contente e Júlio Sander
Revisão: Ruth Cunha Cintra
Capa, diagramação, fotolitos: Casa de Tipos Bureau e Editora SC Ltda.

Dados Internacionais de Catalogação na Publicação (CIP)
(Câmara Brasileira do Livro, SP)

Amaral, Moacir.
Compostela : a poesia do caminho / Moacir Amaral.
— São Paulo : TRIOM, 2004.

ISBN 85-85464-59-3

1. Peregrinos e peregrinações 2. Santiago de Compostela - Descrição e viagens I. Título.

04-1985 CDD-291.446

Índices para catálogo sistemático:
1. Peregrinações: Prática religiosa: Religião comparada 291.446

Amar a muitos em um só
Conduz ao sofrer.
Amar a um só em muitos
É bem-aventurança eterna.

Krishnamurti

Para Lara Nandini

Apóstolo Tiago Maior

Diz a lenda que o apóstolo Tiago Maior e a própria Virgem Maria estiveram na Península Ibérica levando o Cristo vivo em suas palavras e atos, após a morte de Jesus, a Ressurreição e a presença do Espírito Santo no Pentecostes. Ao retornar à Palestina, ele foi preso e decapitado, e seu corpo jogado para fora das muralhas de Jerusalém.

Dois de seus discípulos recolheram seus restos e os levaram de volta ao ocidente de navio, aportando na antiga cidade de Iria Flávia, na costa oeste espanhola, sepultando-o secretamente em um bosque de nome Libredón.

O lugar foi esquecido até que, oito séculos depois, um ermitão chamado Pelágio começou a observar um estranho fenômeno que ocorria no local: uma verdadeira chuva de estrelas caía todas as noites sobre um ponto do bosque, emanando uma luminosidade intensa. O local foi escavado e encontraram o túmulo e os restos de Tiago Maior, um Santo.

A partir daí a região ficou conhecida como Compostela, ou seja, campo de estrelas. Uma catedral foi erigida no local e a cidade que cresceu à sua volta foi chamada de Santiago de Compostela.

São Tiago era o santo padroeiro dos médicos e dos alquimistas. Segundo a Legenda áurea, ele venceu, em terras de Espanha, Hermógenes ou Hermes Trismegisto, o que o obrigou a administrar o seu saber oculto.

Oração a São Tiago

Ó glorioso São Tiago, que pela vossa pureza e pelo vosso zelo merecestes ser por Nosso Senhor Jesus Cristo elevado ao grau de apóstolo, mas também, entre os mesmos apóstolos, a ter o privilégio de ser o confidente mais íntimo dEle; alcançai-nos a graça de sermos, durante toda nossa vida, verdadeiros cristãos, merecedores dos mais escolhidos e singulares favores celestes.

Vós que, anunciando a muitos povos o Evangelho de Jesus Cristo, infundistes, no coração de todos, a mais profunda veneração para com a Santíssima Virgem Maria, alcançai-nos a todos um grande zelo em prol da santificação de nossos irmãos e uma sincera e verdadeira devoção para com aquela que pela igreja é chamada "o auxílio dos cristãos" e "árbitra das graças divinas".

E visto que, depois de ter, por amor de Jesus Cristo, ido ao encontro dos maiores trabalhos e tendo enfrentado os maiores perigos, tivestes a honra de ser o primeiro a zelar com sangue a fé, obtende a nós todas as graças de aguentar sempre resignados os trabalhos e as penas desta vida e, especialmente, a coragem de professar, com ânimo verdadeiramente cristão, a nossa religião perante o mundo doído e perverso, que despreza e escarnece os sequazes da Santa Cruz.

Amém

Introdução

"Não estamos todos nós, aqui embaixo, em peregrinação a caminho da terra, onde o Cristo redentor nos precedeu?... O próprio Febo, o magnífico Deus do Sol, percorre os céus dia após dia. O coração do homem bate e pulsa no seu peito desde a primeira hora de vida até a última... O mercador atravessa terras e mares para comprar produtos dos mais remotos lugares, mas os bens mais valiosos são o conhecimento e a ciência. São esses os bens do espírito... Foi por todas estas razões que eu concebi a idéia de que seria interessante, agradável, meritório e também extraordinariamente proveitoso seguir o exemplo do mundo inteiro e partir em peregrinação, com o propósito de descobrir essa ave maravilhosa, a Fênix-Lápis."

Michael Maier

Peregrinar é sair em busca do sagrado.

Sagrado é aquilo que realmente importa para nós. Cada um sabe o que é sagrado para si mesmo. Pode ser um objeto, um lugar, um ritual, uma posição, um estado de ser. Pode ser a verdade. Pode ser Deus. Pode não ser sagrado em absoluto. Pode até ser um engano, crença. Mas, por aquilo que se tem como sagrado, pode-se dar a vida. Conquistar, trair, brigar, roubar, matar, ganhar. Abrir mão de tudo – até do bom senso.

Existe o sagrado que não é engano? Que não é para si mesmo? Cuja realização traz só o bem para todo mundo – incluindo a si mesmo?

Essa tem sido minha busca. Minha procura.

Durante meu tempo de vida até agora, nunca liguei muito para dinheiro, nem para as coisas que o dinheiro pode comprar. É fato que nunca me faltou; primeiro, pela generosidade de meu pai; depois, pelo meu próprio trabalho. Também nunca sobrou. Nunca me vi trabalhando para amealhar fortuna, bens, propriedades. Nunca foi esse meu valor maior, embora esse fosse um grande valor para meu pai, minha família, meu meio social. Tampouco conhecimento, títulos, posição social, são importantes para mim. Embora goste muito de estudar e, principalmente, de aprender.

Desde que me dei por mim procuro algo maior, sem tamanho. Quando pequeno contemplava a latinha de pó Royal que tinha outra latinha no rótulo que tinha outra latinha no rótulo que tinha outra latinha... Até o infinito? Desde cedo aprendendo sobre o que não tem fim. Mais tarde, comecei a ver que tudo que o pensamento abarca e que o homem constrói tem um fim. "Tudo que começa, acaba", diz a sabedoria antiga. Que é isso que nunca teve começo e que não tem fim? Quem está perguntando? Era começada a busca.

Essa busca me levou ao Caminho de Santiago. Não à ilusão de que seria ali, naquele lugar específico, naquele caminho, naquela caminhada, no túmulo de Tiago, que encontraria a realização tão ansiada; nem que era ali, e só ali, que ela poderia ser encontrada, por força da disciplina, do exercício, do ritual de caminhar. Sei que a verdade não está no fim de um caminho. Mas, sim, na vontade de caminhar onde muitos já caminharam buscando o sagrado. Caminhar onde um apóstolo caminhou e impregnou cada passo com a força do Cristo vivo. Caminhar onde, muito antes, muitos buscadores sinceros caminharam, enfrentando as durezas da peregrinação e a hospitalidade de Deus. E, sobretudo, caminhar durante um tempo só meu, sem qualquer outro compromisso senão caminhar e estar comigo. Sem culpa de estar só comigo. Sem desculpa para não me escutar. E, claro, se a sorte sorrir: receber a Graça da realização. A iluminação. Essa brecha incondicional que a todos espera com infinita paciência.

Como diz a neurocientista Carol Albright, "Quase todo mundo que procurou seriamente o crescimento espiritual reconhece a necessidade da graça para a busca. Graça é como uma fonte de água fresca que aparece inesperadamente em uma caminhada quente e poeirenta. Graça é como um degrau que aparece em uma escalada ou uma mão estendida para ajudar, ou um sorriso de boas vindas. Não era esperada, não era merecida, não foi comprada. Aceitar a graça significa reconhecer sua presença."

Todos buscamos a essência da Vida, imagino. Todos buscamos aquilo que nos dará a felicidade que não depende das circunstâncias e não se esvai com o vento, nem escorre pelo vão dos dedos como a água que corre, nem cai como torres gêmeas feitas de aço, nem se consome nas chamas das inúmeras guerras, e que, no entanto, vive no vento e nas águas, na terra e no fogo, no coração de cada um e em tudo que vive e pulsa a grandeza do Universo. Temos a notícia, mas não nos percebemos lá. E de tanto buscar parece que nunca encontramos. Aí criamos nossos próprios meios. Planejamentos. Métodos. Códigos. Contratos. E frustração. E confusão. E sofrimento. E, no meio do sofrimento, a morte. E, no meio da morte... A ressurreição?

Assim fui para o caminho. Para o campo de estrelas. Para Santiago de Compostela. Li muitos livros e guias da caminhada. Comprei mochila, botas e todo o equipamento necessário, e mínimo. Sabia que o Beto (Dr. Gilberto Valle, colega e amigo irmão) também pensava em ir, só que em setembro. Por que não irmos juntos, em maio, primavera no caminho? Ele quis. Começamos a andar por São Paulo, testando nossa resistência, nossa recuperação, peso da mochila, botas, pernas, pés. Coração. Respiração. 18 de maio embarcamos. 2001. De St. Jean a Santiago foram 32 dias. 800 km. Depois passamos três dias de reis com a amizade e generosidade de meu sogro, que nos pegou em Santiago, nos acolheu em Monção e nos levou até o "fim da terra" espanhola – onde o caminho termina no mar – e, de volta a Portugal, até Nossa Senhora de Fátima. Depois, retornamos à Espanha, visitamos Ávila e a vida de Santa Tereza. Dia 28 de junho estávamos de volta ao Brasil. O aniversário de minha filha.

Lara completava 13 anos. Queria que tivesse uma pedra que lhe transmitisse força estruturadora e transparência; uma pedra poderosa, a abrir caminho para sua individualidade presente, como uma bênção para sua vida. Um diamante. Carbono transmutado em brilho. Absoluto rigor. Absoluta permeabilidade à luz. Estrela de magna grandeza. Impregnada da força do Caminho e da perseverança e do amor do pai. Não uma pedra qualquer, mas uma pedra preparada, lapidada pelo propósito humano, a peregrinação voluntária, a busca do sagrado. Um anel de ouro branco foi feito para acolher a pedra, que recebeu o sol e a água corrente. E andou em meu dedo 800 km. Descansando pendurado, junto com a Vieira de ouro – bênção de minha mulher para o meu caminho – na altura do coração. Oração. Para minha filha, presente em toda caminhada, um presente dos campos de estrelas. Para que se lembre sempre dessa estrela, Presença, que brilha em seu coração. E dá sentido à Vida. O sagrado.

Moacir Amaral

Se pudermos fazer uma viagem, fazer uma peregrinação juntos, sem nenhuma intenção ou propósito, sem buscar coisa alguma, talvez ao retornarmos poderíamos descobrir que nossos corações tinham se transformado sem saber. Penso que vale a pena tentar. Qualquer intenção ou propósito, qualquer meta ou motivo implica esforço – uma empreitada consciente, ou inconsciente, para chegar, para conseguir. Gostaria de sugerir que fizéssemos uma viagem juntos na qual nada disso existisse. Se pudermos fazer tal viagem, e se estivermos alertas o bastante para observar o que se encontra ao longo do caminho, talvez ao retornarmos, como fazem todos os peregrinos, nós iremos descobrir que houve uma transformação do nosso coração.

Penso que isso teria mais significado que inundar a mente com idéias, porque idéias não transformam os seres humanos fundamentalmente. Crenças, idéias e influências podem fazer com que a mente se ajuste superficialmente aos padrões; mas, se pudermos fazer a viagem juntos, sem nenhum propósito e simplesmente observar, enquanto vamos indo, a extraordinária amplidão e profundidade e beleza da vida, então, a partir dessa observação, pode surgir um amor que não é meramente social, ambiental, um amor onde não há nem quem dá nem quem recebe, mas que é um estado de ser, livre de toda exigência.

Krishnamurti

Tudo é uma questão
De manter a mente quieta
A espinha ereta
E o coração tranqüilo.

Walter Franco

Bem aventurados os que caminham e podem dividir a colheita.
Bem aventurados os que podem enxergar e decifrar enigmas.
Bem aventurados os que continuam procurando sem encontrar.
Bem aventurados os que ousam repetir a experiência uma outra vez.
Bem aventurados os que sonham acordados.
Bem aventurados os que não viram.
Bem aventurados os que adormecem à sombra.
Bem aventurados os que andam passos cadenciados.
Bem aventurados os que dançam melodias inacabadas.
Bem aventurados os que esperam.
Bem aventurados os que ficam.
Bem aventurados os que cantam.
Bem aventurados os que calam.
Bem aventurados os que se aventuram.

Gilberto Valle

Júbilos

Quando
ser se torna dor
no encontro de luz e trevas.

E a vida se faz presente
expondo ao sol
o que é denso e pesado.

A alma
cálida de amor e gratidão
se enche de júbilo.

Nos últimos dois meses de 1981 eu fiquei de cama. Uma ferida no tornozelo direito arruinou. Fui acolhido na casa de meu irmão de alma, Caldeira (falecido). Seu segundo filho recém-nascido então. O casal cedeu seu próprio quarto para que eu pudesse ficar, e dormiam na sala da casa pequena. Mais de dois meses fiquei de cama sem poder andar. Não tomei remédios, nem mesmo os naturais. Apenas tratamento externo com banhos de tanchagem.

O período culminante desse processo curativo começou mais ou menos dez dias antes do Natal, quando comecei a comer apenas arroz integral e nada mais. Mesmo. A família fazia calendários do Advento, em ritmo artesanal, para eles mesmos e para alguns amigos, e eu, deitado, ajudava cortando as janelinhas. Em alguns desses pedacinhos de papel cortado comecei a escrever pequenos poemas. Tinha acabado de compreender a natureza profunda do caminho através da doença. Tinha trilhado esse caminho. Estava em júbilo. A ferida continuava na perna, mas a doença havia sido superada.

Comecei a comer só arroz. E a cantar. Treze poemas foram escritos.

Sabia que se conectavam com o espírito do Natal e com a grande renovação que a terra sofre nessa época. O verde da Thuya no apogeu do inverno. O segredo da semente na profusão de frutas do verão.

Sabia que se conectavam com o mistério profundo do nascimento e a grande renovação que cada mãe experimenta nesse caminho, que traz à terra a esperança do novo. Dar à luz. Trazer à luz. Trazer a luz. Iluminar. Ao mesmo tempo liberar forças vitais que estão a se congelar. Uma onda de renovação. Ressurreição.

Toda terra renovada. Anfortas curando-se da ferida de Quíron. Jesus nascendo na terra. Cristo renascendo da cruz. Cada criança que nasce. Minha filha, que nasceu sete anos depois.

Os poemas rejubilavam um caminho percorrido, de nascimento, morte e ressurreição. Da dor física ao reconhecimento do espírito. A cura. Meditação.

Anos depois ouvi falar das treze noites santas, de 24 de dezembro a 6 de janeiro. Da véspera do nascimento sagrado à visita dos magos. O reconhecimento da estrela. A realização do sol. O caminho iniciático experimentado por Olaf Asteson. E toda humanidade. Como soe acontecer cada vez que um de nós trilha um Caminho.

Única poesia.

O sorriso doce da mãe
é o calor do pai
feito filho.

Encontrai.

A presença do sol
fecunda a terra
regenerando a vida.

Compartilhai.

A noite que vem
prepara
a ressurreição do dia.

Confiai.

A natureza aguarda em silêncio
o momento de amor
que desfaz seu segredo.

Contemplai.

O sofrimento
é a chama que arde
iluminando o caminho.

Escutai.

O tempo que passa
é o todo que se fragmenta
nas crenças da gente.

Acordai.

O ser eterno
se faz presente
na efemeridade do que começa e acaba.

Amai.

A dor do mundo
encontra seu bálsamo
na comunhão do presente.

Ficai.

A verdade que se manifesta
nasce sempre de novo
no coração de cada um.

Recebei.

A alma
mitiga sua sede
na fonte que se renova.

Mergulhai.

A noite se faz dia
no despertar do espírito
em contato com o que é.

Agradecei.

A canção do sol
é puro amor
que brilha.

Regozijai.

No coração do caminho
está a vida perene
nascendo e nascendo.

Celebrai.

Poemas do Caminho

Tiago Maior.
Santiago peregrino.
A força do espírito
no apóstolo.
Cristo.
Que percorreu o caminho

dos homens.

Este é o caminho da paz:

Supere o mal com bondade,
a falsidade com verdade,
e ódio com amor.

Peregrina da Paz

Filho:

Mãe,
estou feliz e agradecido
por você ter-me dado a vida.

Peço sua bênção para minha partida,
minha jornada,
minha peregrinação,
minha vida.

Mãe:

Estou feliz
por ter-lhe dado a vida, filho.

Olho para você
e o reconheço
como um ser independente de mim,
livre e feliz,
com seu próprio caminho a seguir.

Vá com Deus.
Você tem a minha bênção.

O Caminho de Santiago é uma tradição religiosa.

Muito antes de Cristo já era foco de peregrinação, conectando centros de poder daquela região da Europa, sob a Via Láctea. Com a presença de Cristo nos passos de Tiago Maior, o Caminho recebeu todo o influxo da força Crística e, em especial, da figura de Maria e da presença amorosa e curadora do Espírito Santo, e desde então se incorporou à tradição cristã.

Cada peregrino inscreve nele seu nome, cada passo sua assinatura – signatura da força que cada um é – que vem se juntar às outras tantas ali inscritas através do tempo. Cada peregrino recebe dele a si mesmo, seu próprio nome emancipado das agruras do tempo, o verdadeiro: Eu Sou.

Não é fantástico que em pleno começo do século XXI, época das grandes conquistas eletrônicas, tecnológicas, muita gente queira abandonar os confortos da vida moderna e caminhar os passos tão antigos da peregrinação? A busca é íntima e intraduzível, mesmo que as motivações, explicações e justificativas sejam as mais comuns.

Não as palavras, nem as línguas – e são tantas! – mas é o coração a linguagem do peregrino. E o coração fala só a verdade.

Não se caminha para encontrar a verdade, que a verdade é uma terra sem caminho. Caminha-se com a verdade no coração. Ainda que em segredo. Ainda que em silêncio. Ainda que não se saiba de nada disso. Apenas caminhar. Um grande encontro, quase sempre surpreendente. Na maioria das vezes, óbvio. E sempre presente.

O mistério permanece. Assim.

Graças a Deus!

A paz a cada passo.
O sol brilhante e vermelho é meu coração.
Todas as flores sorriem comigo.
Como é verde e viçoso tudo que cresce.
Como é fresco o vento.
A paz a cada passo.
Ela transforma em alegria o caminho sem fim.

Thich Nhat Hanh

Ave Maria cheia de graça!
O Senhor é convosco!
Bendita sois vós entre as mulheres!
Bendito é o fruto do vosso ventre: Jesus!

Santa Maria mãe de Deus!
Rogai por nós, pecadores.
Agora e na hora de nossa morte.

Amém.

19 de maio.
Saímos de São Paulo com sol
e sorriso da Alice.
Chegamos a Pamplona com sol
e sorriso nos olhos.

Céu azul.
Caminho aberto.
Vasta expansão.

Alma agradecida.

A vida do caminhante
é uma vida besta,
andando, andando.

Não fosse o mistério
que nos acompanha
e sussurra no ouvido,
sacoleja na mochila,
pulsa no coração;

não fosse Deus conosco,
e este céu azul
e o sol
perene.

Tantos pássaros
flores brancas
amarelas
pastos verdes

e a grande esperança.
Esperança sem esperar.

Peregrino.

Minha pátria é o Caminho.
Meus irmãos todos os peregrinos;
todavia
"caminhante, não há caminho".

O mistério segue conosco.
A verdade se encontra aqui.

Agora.

Dia de sol.
Pássaros por toda parte.

Cantando.

A missa do peregrino.
Roncesvales é a lembrança de todos:
família, amigos, pacientes.
Caminhar com todo mundo.

Oração.
Peito cheio.

Coração.

Santo Anjo do Senhor,
meu zeloso guardador;
se a Ti me confiou
a piedade divina,
sempre me rege, me guarda,
me governa
e me ilumina.

Amém.

20 de maio.
Caminhar, caminhar, caminhar
morro acima
morro abaixo
asfalto, pedras, grama,
cascalho, pedrisco.

Primeira etapa: a essência do Caminho.
Resumo.

A chuva não veio.

A graça de Deus.

Caminho serpenteante Pirineus acima.
Bosque primaveril
chão de outono abaixo.

Canta o pássaro e o peregrino.

O cansaço do corpo.
A gripe.
Este estado flutuante de silêncio.

O alheamento gostoso
de estar no Caminho
estar inteiro

nesta terra sem caminho.

Sob o céu de Navarra
fim de tarde infinito:
Sol que se recusa a morrer.

Torpor de gripe.

Agradecido.

Um vento bom.

(Só pra lembrar
como é gostoso
senti-lo na pele.)

23 de maio.
O frescor da noite ainda
saliva na boca.

O caminho,
essa linha branca
na terra
e setas amarelas.
Os pássaros, os campos.

Peregrinos caminhantes.
Amplo coração
como a manhã
que vem.

Vasta expansão tingida de rosa
quase invisível.

Ó ventura!

Trigais de verde.
Pétalas pinceladas vermelhas.
Estranhos cantos de pássaros.

Singelo.

Igreja antiga octogonal;
Templo da Cruz de Malta.
Missa cantada, em alemão:
turistas religiosos,
surpresas do Caminho.

A alma peregrina
encantada.

Antes da Morte na Cruz, o Cristo nos ensinou a rezar:

10

Pai nosso que está no Céu,
Santificado seja o Teu nome,
Venha a nós o Teu reino,
Seja feita a Tua vontade, assim na Terra como no Céu,
O pão nosso de cada dia nos dá hoje,
Perdoa as nossas dívidas como perdoamos os nossos devedores,
Não nos deixe cair em tentação
Mas livra-nos do mal.

Amém.

Ultreya!

Noite vem chegando
azul e claridades
eternas
morangos com coalhada
pão integral
ungüento nos pés
escovar os dentes
mesa comum de muitas nacionalidades
leveza
tônica Schwepps.

ah!...

Dormir bem em qualquer colchão
camas, gentes e mochilas
confusão de línguas
irmãos
de todos os caminhos.

O presente sobre o passado peregrino
milhões de passos
e pés dolentes
pernas cansadas.

Espírito nas alturas.

Catedrais.
Maria mãe.
Santiago e Cristo.

Um caminho que tem coração
oração que abraça cada um
independente de credo
e cruz
e eira e beira.
Cada um
todos nós

caminhantes!

Dor
no calcanhar esquerdo
vinda de não sei onde.
Só de andar?
Indo para não sei onde.

Dor no calcanhar
esquerdo.
Esqueça de tudo.

Brinco
de fechar os olhos
e dormir
Entregue ao cansaço
do dia.

24 de maio.
Tiro meu chapéu.

Recebe minha cabeça
a força desta estrela
que não posso ver.

Recebe meu coração
a alegria desta presença
que também não posso ver.

Posso perceber.

Recebe minha alma
a força deste Sol.

Deus e a Criação
Um só

só Um
nem Deus nem Criação.

Todo Poderoso.

Uma sinfonia
de pássaros
nos saúda na madrugada.

Nossas orações
iniciam
nossos passos
e a vida!

Ah! A vida!
Que nunca começou.
Que não tem fim.

Quem sou eu?

Deus pai que vem do céu
Mãe imaculada terra prometida
Anjo do Senhor que me guarda e encaminha
Cristo sol, fogo sagrado, no meu coração.

Eu agradeço, Vida,
assim como é,
assim como sou.

Assim.

Peregrino,
se é uma subida:
declame um poema.
Se a subida é forte:
cante.
Se é muito forte:
então dance.

Dance, peregrino.
A vida é bela!
Caminhar é preciso.

Viver?...

Quando vejo uma seta
amarela
Me sinto amado
Lembrado.
Dá até vontade de chorar.

Alguém sabia que eu viria?
sem nome
de outras partes do mundo
falando línguas tão diversas.
Eu viria
Alguém sabia!

E estou aqui.
Penso nos que vieram antes
Penso nos que vêm depois
Agradeço
Cuido.

O caminho é meu
e de todos nós
os de antes
os de depois
e os de agora.
Esta terra.

Sempre!

Milhões de florinhas
vermelhas.

Uma florinha
vermelha
no trigal verde
infinito.

Céu azul esplendoroso
Borboletas brancas
Setas amarelas.
Vieiras estilizadas no azulejo.

Árvores solitárias
Passagens ensombreadas
Vilas medieventas
assimétricas na montanha.

No topo. Igrejas octogonais
Igrejas góticas
Igrejas romanas.

Velho, velho, muito velho.

A mãe segurando o filho
A Mãe ofertando o Filho
Sustentando.
Esta terra carrega a todos nós.

Passagem.

Trouxe minha espada.
Domo pensamentos
conquisto versos inteiros.

Deixo minha marca
um corte na realidade
minha côrte
minhas palavras

minhas ilusões.

25 de maio.
Planta dos pés inflamadas
quando a tarde cai
doem

a noite é a esperança
a dúvida
o medo flutua na consciência.

Pela manhã
vejo que é possível
caminhar com dor.

Marcha peregrina
de realização.
Ultrapassa fragilidades
lembra Pessoa:
"Quem quer ir além do Bojador
tem que ir além da dor..."

Vale a pena?
Tudo vale a pena.

A alma não é pequena.

O caminho de Santiago
não é um caminho
que nos leva a Santiago de Compostela,
embora leve.

Tampouco
um caminho que nos leva
ao túmulo de Tiago,
embora leve.

O caminho de Santiago
são nossos passos
de verdade
agora nesta terra de Espanha.

Na vida.

A água.
Não a taça.
Bebe da água.
Não toca na taça.

O caminho de Santiago
é a força do Cristo
no apóstolo Tiago.

A força do Espírito Santo
que em Pentecostes penetrou os apóstolos
e que move Tiago.

Ainda hoje. Em nós.

O caminho de Santiago
são nossos passos os passos de Tiago
nosso coração o coração de Tiago.

O caminho de Santiago
é a presença do Cristo.
O

Ser que somos.

26 de maio.
Onde foi parar o grande dia?

Começou com dúvida e medo
a noite revirada
companheiros roncando por todo lado
o susto dos pés
cansados
doídos
quentes
em brasa!

Rescue de Bach a nos salvar.
Quatro gotas e um último sono
sonho
bicicleta com pneu furado
gasto roto.

Depois a bota com o pé doendo
e a boa surpresa
"Eu posso".

Sim.
Eu posso
caminhar com os pés doendo
queimando. Vem o dia a paisagem
pássaros
estrela da manhã
canção do Milton
todas as outras canções.
Se não sou eu é o Beto.

O sol se levantando
e os pés batendo forte
no chão
neste caminho de asfalto

de pedras
de trilhas.
O pé batendo forte
ritmado
firme
como se não fossem frágeis
falíveis
dolentes. Os passos continuam
batendo forte no chão
de pedras
de terra
de asfalto
de trilha
entre árvores olivais
parreiras
trigais
verdes novos cheirosos
as flores vermelhas esparsas
as flores amarelas
como as setas do caminho.

Nós os iniciados do caminho
sabemos ler os sinais
mais que isso
procuramos
ávidos os sinais
a concha amarela
a seta
a marca bolinha
blanc e rouge pilha de pedras plástico amarrado
em galhos...

Os pés batendo forte no chão
trinta e nove quilômetros em uma feita
porque não tinha lugar
porque quisemos.
Tínhamos força.
Disposição.
Nem pensamos em insistir em ficar
Dar um jeito.

Encaramos onze quilômetros mais
doze horas de caminhada no dia
poeira
pedra
asfalto
trilhas.
Sol impiedoso
maravilhoso
sob céu azul muito.

Vento de primavera
refrescante
não o suficiente para não queimar.

Os pés batendo forte no chão
ritmado
a alma contente no chão de Espanha
deixando Navarra
a La Rioja.

O vida!

Flores brancas perfumadas
adubo novo nas videiras
perfumado
jamon no sanduíche do Beto
perfumado
queijo e pão na mochila
florinhas roxas azuis
campos de camomila
trilha branca infinita.

Os pés de Santiago
o peregrino
o guerreiro
o apóstolo.

Dor nos pés latejando.
Os pés batendo forte no chão
Eu posso
Eu posso
Eu posso.

Sem sacrifício
sem lástima
apenas caminhar
caminhar
caminhar.
Vagando por essa terra de Deus
sem qualquer certeza
com tanta confiança
apesar do susto
do medo da dúvida da dor
caminhar caminhar.
Cantando
dançando.

Brincando.

Batendo forte no chão.

Não se pensa na dor.
Sente-se a dor:

A dor dói.

Deus
é
aqui.

A alma feliz realizando sonho.

O espírito em alta
baixando
presente
até os pés que doem.
É isso. Doem.
E a gente caminha.
O povo caminha.
O povo do caminho.

Todos os peregrinos sabem o que é isso.
Ninguém sofre pelo prazer de sofrer.
Não foi essa a escolha.
Sofre-se a dor. E é só.
Sem drama.

Caminhar
os pés batendo
fortes.

No chão.

Existem peregrinos que são penitentes.
Existem penitentes que são peregrinos.
Existe a vida.
Existe a dor.
A alegria de viver.
De caminhar.
Ao encontro de si mesmo.
Das fantasias. Das crenças. Das imagens.
Dos sonhos. Dos ideais.
Medos culpas vergonhas raivas conquistas
realizações.
Mochila completa do peregrino.

Existem peregrinos que são peregrinos.

27 de maio.
Nenhuma nuvem no azul de La Rioja.

Verde interminável dos trigais
sol implacável.

Nossa sombra nos mostra o caminho
sempre para frente
sempre para oeste
passo a passo sendo engolida
logo logo pisamos nas nossas cabeças.

Todos os peregrinos sabem o que é pisar na
própria cabeça.

Sombra benfazeja na beira da água:

"Eu vi mamãe Oxun na cachoeira
sentada na beira do rio
colhendo lírios
para enfeitar o seu Congá."

Morro acima
a nos encorajar
sobreviver
sobrecaminhar.

Voar.

Somos todos
Loucos

de Deus.

A visão de Santo Domingo
na virada do morro
sob o sol escaldante.
Está mais para miragem que qualquer coisa
talvez um milagre.

Ah! Verdadeiro.

Galos cantando na entrada triunfal.

A visão da máquina de refrigerantes
é quase sagrada
é o milagre rasteiro
e delicioso:
Uma moeda de cem
a máquina devolve quatro de cem
mais a *fanta naranja*.

O paraíso é uma fanta gelada.

Thanks, God.

Dois amigos
franceses
mais rápidos que nós.

Um brincar assim
pela alegria de brincar
toda vez que nos cruzamos
aqui e ali.

Michel, Jean Pierre.

Eta mundo véio sem porteira!

Será que encontraremos o mistério do caminho?

O mistério é individual
e maior
muito além de Santiago.

Falávamos
e a pomba entrou voando no restaurante chic.
A comemoração da semana:
duzentos quilômetros
de domingo a domingo.

Santo Domingo!

Ouvir os sinais.

O mistério do caminho
é o mistério do corpo físico
da força que vai além
do esforço
do esgotamento.

E da alegria.

28 de maio.
Este é o novo caminho:
todo mundo se encontra no bar.

Não na igreja.

29 de maio.
Frescor da madrugada.

Casas desoladas
olham enternecidas
os primeiros peregrinos.

Passam.

De vez em quando
cruza o caminho
um escaravelho apressado:

Um encontro com hora marcada?
Será que está atrasado?

Cisma.

Hoje
uma tristeza vem não sei de onde
funda funda.

Penso no meu pai.
Penso na minha mãe.
Penso na minha filha.
Penso na minha mulher.
Penso nas pessoas amigas.
Penso na minha vida.

Penso no meu caminho.

Não parece ser isso
vem de mais fundo
talvez não de agora.

Outras eras?
O mesmo caminho?
A expulsão do paraíso?

O pensamento não abarca.

Peregrinar
é carregar suas próprias tralhas
toda sua bugiganga
toda sua bagagem.

O tamanho da mochila
reflete crenças e fantasias
planejamentos e intenções
desejos e ilusões
e,
algumas vezes,

necessidades.

Quando se entra
em uma dessas igrejas

e todas são lindas
todas tão antigas

se sente um frio espantoso
como um ar condicionado ligado no máximo
frio mesmo.
Não é umidade.
Como se esses templos guardassem
as sombras dos séculos
nas suas paredes.

Ou será o frio da morte presente
do Cristo pregado na cruz
ainda sem ressuscitar?

Frio da traição de Judas
não vencida pelo perdão
ressurreição?
Frio do coração
Cheio das coisas da cabeça
Dogmas crenças carências e ritos?

Dos medos? Das culpas?
Da inveja? Da ganância?
Da nossa arrogância?

Muito frio.
Nem mesmo depois de caminhar tanto sob um sol
magistral.
Nem mesmo o silêncio vultuoso.
Nem mesmo as maravilhosas obras de arte do
espírito humano inspirado em Deus.

É agradável esse frio.

Vento.

Benfazejo.

Na sombra das árvores
irmãs
Castor e Pólux.

Vento refrescando a tarde.
Descanso.

Esparramado nessa grama baixa
nessa cama da terra
mãe nos acolhe no seu colo.
Sua bênção.

Um momento de restauração.

Ressurreição?

Doce Maria
mãe imaculada
amorosa, protetora;
prepara nosso coração
pois acolhemos o Cristo.

Amém.

Chegando a Burgos
pelo asfalto quente
pés em brasa após quarenta quilômetros no dia
hotel das fulanas não servia
hostal para três peregrinos
mortos.

Banheira de descansar e tirar a poeira
pia de lavar roupa e tirar a poeira
papel e caneta de refletir e tirar a poeira.
Mente cozida pelo sol do dia.

Fanta laranja.
Fanta limão.
Água.
Nada chega nessa sede fantástica.

Urgente.

30 de maio.
Nenhuma idéia brilhante.
Nenhuma experiência mística.
Nenhuma descoberta transcendental.
Nenhuma visão arrebatadora
(exceto as máquinas de refrigerantes depois de algumas curvas).
Nenhum silêncio estonteante.

Apenas isto.
Caminhar.

E vazio.

Sol forte
espírito forte
pernas fortes
pés doendo.

Peregrinos a caminho.

Câimbras nos dedos das mãos
a novidade do caminho
mas só no repouso dos refúgios
após comer.

Vai entender.

Fazemos o caminho do sol:
pela manhã nos queima a barriga da perna
e a região posterior da coxa.
À tarde
nos queima a face
e o vemos morrer à nossa frente.
Já tarde no horário
vemos cair a noite
sobre todos nós.
Para madrugar
no caminho do sol.

Seguir andando.

Quando o intestino funciona
e o banheiro
está desocupado
já passou a correria da chegada no refúgio
é uma bênção.

E paz.

Não tenho sentado
em silêncio.
Tenho caminhado
às vezes em silêncio
às vezes falando besteira
e cantando
repertório antigo.

Não sei que transformações estão se
preparando
no fundo da alma.
A aparência é nenhuma.
O que é promissor.

Está além de mim.

Minha fantasia
de vagar profundidades
esvai-se com o sol
muito quente.

A mente vira uma pasta
de nada com coisa à toa
vadia
pensando na próxima
máquina de Fanta.

Laranja.

Andando e escrevendo.
Andando.

Escrevendo.

Uma holandesa
fazendo o caminho ao contrário
até rotas muito antigas na França.

Uma francesa de 68 anos
andando há mais de 27 dias
desde não sei onde na França
indo até Santiago.

Howard e John trouxeram consigo – da
América?
Conchas vieiras finas como porcelana chinesa.
Davam aos amigos que iam fazendo pelo
caminho.

Ute, a alemã, andava com mochila pesando uns
30 kg
como se não fosse nada.
Jayme, o catalão, impressionadíssimo.
Se apaixonou.

Três franceses avançados em idade
casa dos 70, acredito
andavam há 44 dias desde Le Puy
1.100 km percorridos até então.

Julio, Marcel, França, Neto...
Brasileiros de todos os cantos
Nos passos do Peregrino.
Murilo desapareceu na frente.

Caminho fantástico.

Dormir cedo
e acordar bem cedo.

Sol benfazejo do começo do dia.
Sol massacrante do final do trecho.
Sol.
Sempre o sol.

Que bom.

31 de maio.
Como crianças
guiados pelas mãos
caridosas
das setas amarelas.

Inocentes.

Confiantes.

Um fenômeno curioso:
Quando o corpo está dolorido
mole
andar devagar piora.
Vou ficando mais mole e dolorido
e desanimado.

Começo a andar forte
vai ficando bom
vou ficando inteiro.
O ânimo aí está.

Endorfinas?!

Hoje estou tão cansado.

É como se tivesse
perdido
a conexão com o céu
e estivesse totalmente entregue
às forças da gravidade.

Corpo pesando
toneladas.

Não sei se favorece a humildade.
O fato é:
Cansado
a cabeça baixa.
Andamos olhando o chão.

Nossa frente.

Parece que o estoque
de endorfinas
acaba de repente.

Damos boas gargalhadas com isso.
Para não chorar.

Suponho.

O sol está quente
o céu azul como nunca.
E o vento.
Fustiga implacável.

A iniciação do fogo
dá lugar.

O ar.

Este cálice
cristal
sempre limpo.
Sempre vazio.
Tu o enches plenamente
a água mais pura
viva
que sacia todas as sedes
transborda
derrama inunda renova
alimento maior
e não se esgota nunca.
Este cálice
sempre cheio.

1º de junho.
Para o caminhante
não há caminho
e o caminho se faz ao caminhar.
Para o peregrino, não.
Há um caminho.

Peregrinar
é caminhar com um propósito
com uma direção.
Trilhar um caminho específico.
Saindo de um lugar e chegando a outro.
Por isso podemos ser guiados
pelas estrelas
pelos sinais.

Se o propósito é claro
a graça é alcançada.

A meta da peregrinação
é alcançar a graça.
Seja ela qual for.
E quase sempre é surpreendente.

Não se caminha a esmo.

A seta é uma espada.
Nós a transformamos
em concha.

Indica o caminho.
Acolhe.

Nossa estrela
Guia-nos no momento incerto.

Nosso caminho é a Via Láctea.

Nem sempre o propósito é claro.

Caminhando
o propósito se esclarece.

De graça.

Escrevo de pé
À beira da estrada.

Os pássaros cantam.
Lentamente
o sol se levanta.
Um sabor rosa
no azul.

Percebemos com os olhos.

De certa forma
Abre-se mão da liberdade
quando se decide
pela peregrinação.

Peregrinar
envolve um compromisso:
com o caminho e com o propósito.

A chegada só pode ser uma catarse.
É a realização do propósito.

É retomada da liberdade.

Palencia.

O vento fustiga pelas costas.
Ajuda.
Empurra na subida

refresca.

Hora certa no lugar certo.

Taberna em Castroxeritz
música brasileira
alma ginga no café da manhã.
Dinheiro brasileiro pendurado nas prateleiras.

Povo amável.
Distribui chocolate para os peregrinos.

Sentados
no topo do monte.
Campos sem fim
até onde a vista alcança.

Horizonte azul.

Gosto da água
das fontes à beira do caminho.
Dá impressão de estar bebendo
o sangue da terra.

Essência do lugar.

Meu propósito
é o silêncio
absoluto.

Final.

2 de junho.
Há os que dormem até mais tarde.
Há os que acordam cedo.

O sol ressurge a cada dia.

Palmilhas de silicone
(eram para andar no céu)
mudaram minha pisada.
Dor nas canelas
durante 20 km.

Sol escaldante
sem vento
água acabando.

Um horror.
Além da dor.
Além do Bojador.

O espírito do caminho.

3 de junho.
Mais difícil ainda.
Tendinite impede de andar.
Pede repouso.
Orgulho
não quer parar.

O que está errado?

Trivial variado vem todo à tona.
"O que é para fazer agora?"
Ah!...

Vida de aprendiz.

Ser capaz de andar
com dor
vejo que sou.

Ser capaz de parar?
Ah!...

Agora quem manda
é meu corpo
inconsciente.
Eu maior que eu.

E esse medo de nunca mais sarar?
Uma tendinite eterna
para nunca mais andar.
O caminho condenado
acabado
inválido
fracassado.

No capricho!

Parar aqui deve estar certo
da minha cama
a luz do sol
através da persiana fechada
e da cortina
forma uma vieira no teto
acima da minha cabeça.

Pode haver sinal mais claro
que esta parada
pertence ao meu caminho?

Parar?

Deitado
de molho
olhando a Vieira

de luz.

Perdi o controle do tempo
pobre de mim...
que já acalentava sonhos turísticos
chegar logo a Santiago
ir a Portugal
ir a Cadiz
à África...
passear aqui e acolá
beber comer à vontade
experimentando as facilidades de estar viajando
passeando
conhecendo
buscando os velhos e já conhecidos prazeres
mais do mesmo
com os mesmos gostos
e mesmas decepções.

Eu comigo
umbigo infeliz.

Lá fora o sol
e os campos verdes
de trigo
e ovelhas
e peregrinos no caminho.
A alegria de viver.

Dividido.

Graças à Vida
que tem me dado tanto.

Graças.

Confesso:
é com inveja
que vejo os outros partirem
seguirem caminhando
para o sol forte
para a poeira e pedras
para as florinhas
e o verde
e os pássaros.
Para o vento.

Para o vento.

Não.
Não tenho pena de mim.
Tenho um pouco de medo.
Um pouco de raiva.

Quero entender.
Ver a sabedoria por trás.

A verdade simples do meu caminho.

Água livre
corre solta
montanha abaixo
pedras
vala
cachoeira.

Alma peregrina
segue o caminho
ao alto da montanha.
Encontrar Deus?

Pernas e pés demasiados terrenos.

Doem.

Peregrinar:
Caminhar com um propósito.
Encontrar uma graça.

Não no fim do caminho.

A cada passo.

Não sei de que tempos distantes estás sempre vindo,
cada vez te aproximando mais para encontrar-me.
Teu sol e estrelas não podem esconder-te de mim
para sempre.

Em muitas manhãs e muitas noites teus passos
foram ouvidos, e teu mensageiro entrou no meu
coração e chamou-me em segredo.

Não sei porque hoje minha vida está tão agitada e
um sentimento de trêmula alegria passa pelo meu
coração.

É como se tivesse chegado o tempo de encerrar meu
trabalho, e eu sinto no ar o perfume delicado da tua
doce presença.

Tagore

5 de junho.
Depressão vem.
Medo.
Não voltar a ficar bom.
Não poder mais andar.
Não cumprir minha peregrinação
como gostaria
como imaginei.

Medo deste meu corpo desconhecido
inconsciente obscuro.
Reações inesperadas e decisivas
mandatórias.

A impotência
como diante de um surto psicótico
do suicídio.
A impotência diante de algo maior
e definitivo
que detém as rédeas da vida.

Não tenho autoridade nenhuma
diante.
Tenho sedução e compreensão
corro atrás adivinhando leis
modos de agir.
Como todo bom supersticioso tenta controlar
os fenômenos
com rituais sem magia
sem poder.

Impotência de estar aqui
sem saber quando poderei voltar a andar de verdade
quilômetros e quilômetros
sem parar
com dor nos pés
e aquela preocupação com bolhas e pele
que no entanto não impede a marcha –
Ah! Que inveja de todas as bolhas! –
em direção à meta
ao propósito de chegar a Santiago.
Compostela meu amor!

Tão impotente e desesperado
diante deste vazio.
Não é silêncio pleno de sabedoria.
Não é o silêncio inteiro.
Não é estar presente aqui e agora.
Mas é o buraco negro
o abismo
que impede a consecução do sonho.
O vazio da impotência
do escuro
do que não tem poder
diante das decisões do Feitor
que nem sequer alcança.

A depressão que vem
tem a ver com a descoberta
nua e crua do farsante
em mim.
O impostor
sendo desmascarado.
Punido em praça pública.

Tem a ver com a imensa vergonha
de ser incapaz.

Tenho os pensamentos nublados
e a cabeça confusa.
O médico que sou
não tem soluções para esta situação.
Se fosse em outro
seria óbvio
que com um pouco de descanso
e algum medicamento
tudo se normalizaria
em alguns dias, dois, três.
Mas em mim?...

Os medicamentos não funcionam
e o descanso
melhorará algo que nos primeiros passos
voltará. Mais que medo.
Mais que impotência.
Parece uma culpa imensa
que me engole de tempos em tempos.

Farsante.
Impostor.
Sedutor.
Mentiroso.
Fraco e sem direitos.
Diante da hora definitiva de pagar a dívida.

Não tenho fome
nem dignidade.
Refugio-me no livro recém-adquirido.
Não foco nada.
Não fico com nada.
Não sento em silêncio
nem me entrego.
Não faço nada do que penso que sei.
Que faria para os outros
ou aconselharia.

Fico aqui remoendo essa dor
essa solidão
que é isolamento e divisão.

A verdade é
que não acredito
que possa simplesmente ficar bem
dentro de alguns dias
de descanso.
Que descanso é parte do caminho –
não enxergo nada agora.
Que cuidar de mim é parte do caminho.
Que o corpo é parte do caminho.
Que ele sabe o que é bom para mim.

Beto meu amigo.
Companheiro de caminhada.
Nenhum julgamento
nem impaciência.
Pára com camaradagem e solidariedade.

Ainda assim me sinto separado de tudo
e sem rumo.

O Sol brilha lá fora.
A água escorre pela torneira que necessita reparo.
Outros peregrinos chegam
talvez necessitando cuidados.
Aqui em mim tudo nublou.
Não vejo Sol nenhum.

Está escuro.
Estou só.
Minha perna nunca mais vai ficar boa.
Não vou mais conseguir caminhar.
Vou chegar a Santiago de ônibus
como um peregrino frustrado e falso.

Um verdadeiro peregrino
não se importaria de atingir a meta por qualquer meio.
Santiago no seu túmulo
nos seus passos
cada passo a meta
os passos de Santiago.
Não sou digno de Tiago.
Onde está o Tiago vivo que nos move a caminhar?

O caminho de Santiago
são esses passos
e limites.

Eu sou só desrespeito.
Não estou nos passos de Tiago.
Não tenho Cristo presente
nestas lamúrias.
Não acolho minha cruz.
Nem a morte.
Quem dirá ressurreição.

Estou perdido.
Perdido.

Quem pode me ajudar?

O!

Dai-me o alimento
Para que eu nunca mais tenha fome.
Dai-me de beber
Para que eu nunca mais tenha sede.
Dai-me aquilo que necessito
Para que nunca mais precise de nada.
Libere o acesso ao manancial de Amor
Para que me revele doador
E nunca mais tenha que pedir.
Dai-me a graça de morrer
A dualidade
E viver.

Um sem segundo.

Que a consciência
possa perceber a verdade como verdade
e o falso como falso
e jamais confundir um com o outro.

Que minha visão
possa ver
o que está além de toda forma.
Que meus ouvidos
possam ouvir
o que está além de todo som.

Que a mente esteja em Paz
sem nenhum movimento.
Que o coração revele o Amor
sem nenhum medo.
Que a vontade realize a Vontade de Deus
sem nenhuma resistência ou resignação.

Que a entrega seja tal
que nem saiba disso.

Sem eu.

Paro.
Fico onde estou.
Coluna reta.

Calo.

Como Maria?
Anunciado?
Fecundado pelo Espírito Santo?
Dar à luz.

O Cristo?

Como Tiago?
A bênção do Pentecostes?

Levar o Cristo
vivo
às terras longínquas
a todos os homens?
Deixar no caminho
a verdade

e a vida?

Como Jesus?
Deixar-se mergulhar no rio
mansamente?
Curvar-se ao fogo
e ser possuído por Deus
o próprio Pai

a revelar o Cristo?

Como Bodidarma?

Nove anos diante da parede?

Eu sou O que é

Vim para o caminho
em busca da maestria.

Agora sei.
Maestria não é feito que se faça fazendo.
Maestria é feito sem feitor.
Ser possuído
pelo Espírito Santo?

Agora ser.

Quem quer que busque a Deus
em algum Caminho especial,
Irá ganhar o Caminho e perder a Deus,
que está escondido no Caminho.
Mas, quem quer que busque a Deus
sem qualquer caminho especial,
Encontra-O como realmente é.
Ele é a própria Vida.

Meister Eckhart

6 de junho.
Repouso.
Gritam meus tendões.

Pé esquerdo:
o apoio
a mãe
a concha que recebe.

Boa faxina
nas roupas
nas unhas.

Na alma?

Bercianos do Real Camino
refúgio de peregrinos
hospitaleiro escocês
Ian mais parece mãe de todos nós.

Tagore pelas paredes.
Livro de Malábia e suas reflexões
coração de plenitude.
Comidas de doação.
Convalescença
cura.
Encontro do caminho real.

A graça do Espírito Santo?

Parado no meio do caminho.
Entregue.
Toda ansiedade foi embora.
Eu sou.

Paz.

Após a Morte e a Ressurreição, encontramos o Pai em nós:

108

Pai nosso que está aqui, agora,
Santo é o Teu nome,
Teu reino o nosso coração,
Tua vontade se realiza em Todo Universo,
Abundante é o pão à nossa disposição hoje,
Perdoadas nossas dívidas e nossos devedores.
Presente,
O medo chega ao fim,
Renunciamos às tentações
Renascemos na própria cruz
Cooperamos uns com os outros
E cuidamos do mal com Amor.

Assim é.

(Eu sou.
Santo é o meu nome.
Vivo no coração.
Minha vontade se realiza no Todo.
Suficiente é o pão que me alimenta.
Livre, sem dívidas e sem devedores.
Inteiro:
Sou confiança e poder.
Digo não às tentações.
Floresço na própria cruz.
Coopero com cada um.
Sou amado. E amo.

Assim.)

7 de junho.
50 anos.

Nestes últimos dias
caminhei mais
que os 400 km anteriores.
Sem sair do berço.

No caminho Real.

Sonhar é desejar.
Desejar é vontade pura.
Vontade é vida.
Vontade é o próprio Ser.

Ser que pulsa cada vez
mais forte.
Se revela.
Se doa.

Vontade!

Alice

Sei porque resolvi
vir para esta Terra:

É lindo aqui!
Esta luz da manhã.
O cair da tarde.
A escuridão da noite
brilho das estrelas
planetas distantes.

Oceanos e profundezas
ondas que vêm e vão
areia fina pedras pesadas
matas cidades bichos plantas.
As pessoas
seus dramas suas belezas.
É lindo aqui.

Amor.

Presente, a divisão desaparece:

5

Eu Sou.
Santo é o nome.
Vivo, no coração.
Sopro.
Vontade que se realiza no Todo.
Graça que se derrama e sustenta.
Eu Sou.
Confiança, compaixão e sabedoria.
Sem escolha.
Eu Sou.
O amado. E o que ama.
Amor.

Assim.

Uma só mão bate palmas.

Espírito Santo
vontade
força
ação de Deus
produz trabalho
movimento.
Transforma.

Receber o Espírito Santo.

Tiago, todos os apóstolos, no Pentecostes.
Buda sob a árvore Bodhi.
Lao Tse lá na China.
Jesus no rio Jordão.
Eckhart nos mistérios cristãos.
Ramana em Arunachala.
Krishnamurti sob a árvore Pepper.
Tony Parsons caminhando no parque.
Suzanne Segal no ponto de ônibus.
Stephen Jourdain no aforisma de Descartes.
A Peregrina na Paz.

Escutar.

Espírito Santo cura
traz sabedoria
Ato de amor.
Vida.
Na terra.

Desconhecido.
Não tem nome
nem forma.
Vive.
Fora do tempo e do espaço.

O Céu.

Estou aqui.
Rogo em silêncio
pela Presença.

50 anos diante da parede.

Sem porta.

Louvado o vazio que esvazia a existência.
Existência:
Este lugar feito do nosso amor ao vazio!
Ainda assim por alguma razão vem o vazio,
essa existência continua.
Louvado esse acontecimento, sempre e sempre!
Por anos arranquei do vazio minha própria
existência.
Então, em um só lance, um movimento do braço
e o trabalho acabou.
Livre do que eu era, livre da presença, livre do
medo perigoso, esperança,
livre de uma montanha de desejos.
A montanha aqui-e-agora é um pedacinho de um
pedaço de palha
esvaziado no vazio.

Rumi

Aquele que morre toda noite
ressurge cada manhã
em toda sua glória
e frescor.
Esplendor.

Sol pleno
no coração
na noite que se faz dia.

Vasto azul.

As palavras vêm assim:

“Com o Espírito Santo,
Vontade de Deus,
– que opera milagres –
curar.”

Posso pronunciá-las.
Toda minha vida
tenho esperado por isto.
Agora é hora?
Sim. Ora.

Ação.

Madrugada é noite
Ainda.
A estrela nos guia
por esta Via Láctea
a Santiago.

Nasce o sol
Às nossas costas.
Rende a seta da noite
e nos aponta,
com nossa própria sombra

o Caminho.

Uma festa de aniversário
em Leon e Castilla.
Pan e viño
champagne e helado
sermão do sacerdote
canções francesas
dinamarquesas
brasileiras
escocesas.

E um príncipe de verdade.
Brasileiro, ainda por cima.
Uma honra.

Festa no Caminho de Santiago.

Um momento de oração e graças
ao pôr do sol.
Andorinhas voam alegres no azul.
Peregrinos sentados na relva
olham o cair da noite.
Agradecem à vida
"que me ha dado tanto".

Momento único
céu em rosa e laranja
coração em chamas
pleno de espírito e gratidão.

Sublime.

Tu me fizeste sem fim, tal o teu prazer.
Este vaso frágil tu o esvazias sempre e sempre
para o encher novamente com vida nova.

Esta pequena flauta de cana
tu carregaste pelas colinas e pelos vales
e sopraste nela melodias eternamente novas.

Ao toque imortal das tuas mãos
meu coração, tão pequeno,
perde seus limites em júbilo
e jorra em cantos inefáveis.

Teus dons infinitos vêm a mim nestas
minhas mãos pequeninas.
Passam as idades e quanto mais tu me preenches
mais espaço há para ser preenchido.

Tagore

8 de junho.
Manhã de nuvens
grande expansão cinza.
Atrás
algum azul.

Sol tímido
nos reconfortando
em hora chave.

Caminhando com medo
passos inseguros
a dor que pode voltar.

7 km de esperança
e confirmação:
Posso andar novamente
caminhar meu caminho.

Grilhões foram abertos.
Meus tornozelos estão livres
posso completar meu nascimento
posso caminhar minha vida.
Eu vou.
Estou no caminho.

Sou peregrino.

Promessa de Cristo.
Força que vem do Céu.
Opera maravilhas!

Vem.

Que a nossa prece
se evapore
no silêncio profundo
da Tua presença.

Uma das coisas que mais acontece
no caminho
é ver as pessoas
próximas
indo embora ou ficando.

É um adeus calado
a todo momento.

Passos diferentes nos separam a toda hora.

Sou como o vento.
Pode-se segurar o vento nas mãos?

Sou assim.
Não há nada para segurar.

Não se apegue.

Krishnamurti

O ser que sou.
Aprisionado
nesta consciência de mim
eu
mente corpo
neste local.

Não sigo livre
com os ventos
com o riacho que corre
com o canto dos pássaros.

Fico aqui.
Em silêncio.
Ouço tudo passar
e não vou junto.

Apenas fico aqui.
Medo?
Garantia?
Desolado.

Com meu adeus.

Os elos estão mais firmes que nunca
nos dois tornozelos
me querendo prender.

Em Castilla?
Não podendo chegar a Leon?
No tempo de silêncio?
Prece e jejum?
São cadeias de ferro?
De fogo?

De mim mesmo?

9 de junho.
Andança das boas.
Como nos velhos tempos
tendinite e tudo
canelas ardendo
tornozelos sensíveis.

Vamo que vamo.
24 km até Leon
Sol manso e nuvens
brincando de esconder
indo e vindo
e nós só indo.

Chegando!

Mosteiro beneditino
monjas amorosas
com doces cantos e bênçãos
gregorianos
no fim da tarde.

Cidade de igrejas e museus.
A imagem do Ressurecto.
O coração
bênção ao sofrimento
daquele que venceu a morte.
Fênix rediviva.

Sol espiritual
cumprindo seu trajeto
através da noite para o novo dia
sangue renascente
na medula do osso quase morto.

Vida, vida
nascendo e nascendo
sempre
nunca nascida.

Que era antes
que é depois
que sempre é.

Sem antes nem depois.

10 de junho.
A cidade grande e a sua travessia
é a força do caminho
que não conhece estagnação.
A cidade vem.
A cidade passa.

O caminho vai em frente
asfalto
casas
lojas monumentos
Igrejas
não importa
gente muita gente
comércio
indústria
tanto faz.

O caminho avança
nossos passos avançam
a cidade fica.

Sua vida
intensificada
coagulada
suas benesses
suas porcarias
inchaço.

O caminho segue
os peregrinos seguem
recebem as bênçãos
que se concentram nos ajustamentos
nos mosteiros.

Seguimos.

Os peregrinos seguem
com seus propósitos.

Nossa busca nossa alma
a alma do caminho.
Ser com Tiago.

A promessa de Cristo.

A dor vem com toda força
e solidão.

A dor de uma tendinite.
A dor de uma bolha inflamada.
É a dor comum a todos os peregrinos
e no entanto
só cada um sabe como é.
Fazemos nosso caminho como se deve.

E solidão.

Brincávamos
Que o estoque de endorfinas
tinha acabado.

Pois é.
Voltaram ontem.
A alegria da anestesia
o prazer redondo do conforto.
Pernas e pés redondos
como pneu macio no asfalto cristal
hoje elas vêm e vão.

Experimento surpresas
a dor excruciante que não vai dar mais
e que então rescede.
Alguns minutos de paz
que, bem sei, vai durar pouco
e já é tão bom.
Senão paro
recosto a mochila
sem desatá-la das costas
e descanso
para Radio Salil e mais alguns quilômetros.
Até quando?
Até Santiago?

Quem sabe.

Vento frio nuvens e quilômetros.
Dor excruciante nas canelas
ah!...
Sol amável sorrateiro

nas costas.

A tarde se reveste de azul.
Sol forte que brilha e aquece.
Adeus silencioso e alegre
às nuvens
que, como as pessoas
e as cidades,

também passam.

Torres de Igreja.
Séculos altaneiros
a nos contemplar
vivas,
cheias de fé ou ruínas
cheias de história.
E ninhos.

Ideais para as cegonhas.

As cegonhas com elegância
a tudo observam.
Enquanto chocam.
Enquanto voam.

Descansam nas torres.

11 de junho.
Na praça vazia
cheia de sol e pássaros
peregrinos sentados
olhando as horas
e sendo olhados
pelas casas velhas.

Algumas restauradas
outras decaídas
outras sem época alguma.
Todas nos olhando.

O vazio da praça
os pássaros sem estirpe
a fonte que jorra sem parar.
Horas também passam.

Sem pressa.

Mesmo com dor.
Andar é

O que é.

– Olá!
– Buen camino!

O universo em três palavras.

A pujança do espírito.

Humanidade maior que pátria.
A caminhar.

Após os campos
descansando
voltam os trigais
e as batatas.
E um milharal.

O ar da graça.

Caminhos encantados de cevada
e camomila
na beirada do asfalto.

Carreteira.

Que pertence ao caminho
tanto quanto as ceias com televisão nos bares
os bocadillos e tortillas
chá café
campos ensolarados de antanho.

De hoje também.

Máquinas trabalhando novas auto-estradas.
Carros último tipo
pela velha carreteira.
Celerados.
Peregrinos andam.

Soem andar os peregrinos.

Um bom descanso.
Ponto de ônibus coberto serve.
E como!
Assentos encostos e proteção do sol.

Quer algo mais peregrino?

Além de Santiago,
Jesus, Maria, São José
Santo Domingo
São Benito, São Roque, São Pancrácio
os santos do caminho
são Vioxx, Compeed,
Algesal, Ibuprofeno, Paracetamol, Omeprazol,
Prednisona, Feldene
e Voltaren.
Vitaminas e Redoxon.
Thanks, God.
100mg de diclofenaco de 8 em 8 horas
e estou caminhando.

Com a graça de Deus.

Devo dizer que cada passo
hoje
é uma graça.

Cada trecho que cumpro caminhando
Sinto-me
agradecido.

Agraciado.

12 de junho.
O sol se ergue.
E com ele
renascem as esperanças
dos peregrinos

doloridos.

A única distância.

É o tempo.

Ruínas de pedra
torre cegonha
e rosas.
Rosas como repolhos.

Todas as cores e perfume.

Querer chegar logo
só faz aumentar a distância.

Sem tempo
um passo após o outro
já se está lá.

Santiago é aqui
Roma é aqui
Jerusalém é aqui
Meca é aqui

Buda: Eu Sou.

Uma vasta extensão de terra
como que abandonada à própria sorte
como campos cerrados do Brasil
e insetos zumbidores
atrevidos
ousados
em torno da gente.

Como as crianças na Índia
querendo uma moeda.

Possível acolhê-los todos?

Compostela vai-se aproximando de nós.
Passos mancos
passos lentos
passos inseguros
vai-se aproximando inexoravelmente.

O caminho não pára.
Só descansa
na tumba do apóstolo Tiago.

Campo de estrelas
que nos ilumina a alma
e o caminho.

Os peregrinos.

A ermida antiga e singela.
Séculos nas suas pedras.
Simplicidade da fé
em sacerdotes peregrinos
sem a pompa das igrejas.
Apenas o crucificado
e a janela sem vitrô
deixando a luz límpida do céu
penetrar-nos.
O altar imaculado
com a cruz vermelha.
Duas grossas velas vermelhas e flores.
O fogo sagrado.
Dois jovens monges cantando a alma
de toda fé
em latim antigo
canto gregoriano
bênção para todos nós.

Um templo muito forte
perfume de rosas
e a Presença que o preenche,
além de qualquer igreja,
enchendo o coração.

Bendito seja.

13 de junho.
El Bierzo
cordilheira verde cheia de Galícia,
sob o céu azul.
Vastidão.

O coração voa.

O coração fica no caminho.

Quartzo rosa em St. Jean.
De cristal na cruz de ferro
após a cidade fantasma
antes do refúgio templário.
O coração de ametista.

A Santiago!

Cachorros pelo caminho.
Foncebadon.
Assustam?

Dormem.

Caminho de Tiago.
Cruz de ferro.
Irago.
Dores e desesperanças.
Beber num trago até o fim!
Lutas aprendizados mergulhos.
Morte onde está seu aguilhão?

Gratidão.
Força sagrada que nos impulsiona
coragem.

Adelante!

Montanhas sem fim
em el Bierzo
agreste
trilhas serpenteando
morro abaixo.
Córrego pássaros
santuário natural das árvores frondosas.
Dão-nos sombra
e conforto
tronco poderoso onde repousar as costas.
Paz sem idade.
Manancial.

Ouço o vento.
Deixo-o carregar
minhas dores
meus receios.
Sei que vou chegar.
Estou inteiro.

Aqui.

É como se tudo estivesse parado. Não havia movimento, nem a mais leve agitação senão a ausência de qualquer pensamento ou visão. Igualmente não existia o intérprete que traduz, que observa ou que condena. Só uma infinita e silenciosa vastidão. Não havia o espaço nem o tempo necessário para percorrê-lo. Aqui estavam o começo e o fim de todas as coisas.

Krishnamurti

Descendo a trilha.
Passadas as árvores e suas sombras
majestosas
numa curva inesperada
lá estava ele
sentado
ao lado do monturo de plásticos
(depois se revelando uma tenda improvisada).
"Tiro a inflamação com as mãos."

Balbino
o que renova a esperança.
Cura verdadeira.
"Mais difícil tirar o remédio que a dor –
remédio que amortece seu sangue."
Massagem.
"Mo, não acredito em nada disso!" É o Beto.

Dom nas mãos.
A dor vai embora.
parte fica com ele:
doem joelhos
mãos pesadas
cansaço
e depois se vai.

Um punhado de cerejas deliciosas.
Caminhar como nunca
pernas leves sem dor
canelas de vento.

Esse azul
que vai além das dez.

Da noite.

Hora de repetir com gosto
palavras antigas
que minha mãe dizia:

"Não há bem que sempre dure
nem mal que nunca acabe".

Dor voltou
do pouco que ficou.
Balbino não tirou a dor.

Tirou o medo.

14 de junho.
Sol da tarde.
Caminhando.
Um banho de vento

refrescante.

Chamam a atenção.
Balcões de madeira
varandas
cheias de flores.

Colorido alegre
gentil
a alma alegre

sem conta.

Jazz e vinho.
Trégua no menu peregrino.

Jantar no caminho.

Caldo gallego e Enya.
Terras Celtas de Espanha.
Galícia de todas as trilhas
na antiguidade do caminho.

O universo nos passos do apóstolo.

Mansilla de las Mulas.
Mensagem primordial.

Muryas de Rechivaldo.

15 de junho.
Colher cerejas proibidas
na beira do caminho
e comê-las com gosto.

Sem sofreguidão.

Céu pesado de chumbo.

Pássaros tímidos
e o pedido silencioso
compartilhado:

chegar seco ao próximo refúgio.

Subimos e subimos
acompanhando o rio
que descia.

O albergue de pedras
com seu pátio verde
da grama bem aparada
e suas mesinhas vermelhas da coca-cola.

Pássaros cantando
e comendo
cerejeiras carregadas
caminhões e carros
simplesmente passando pela carreteira.
A vida seguindo seu curso
sem eira nem beira

acompanhando o caminho.

O som da água
fria
descendo a montanha.

O som dos pássaros
pios
nas árvores antigas.

O som dos passos
Firmes

na busca.

Refúgios são especiais.

Camas e mais camas
beliches grudados
– algumas exceções, claro!

Roncos peidos por toda a noite
sono comum dos peregrinos.
Cansados e alegres
com suas dores e venturas.

Aventuras do dia.

Como canta Cartola.

"Cada um sabe a dor e a delícia
de ser o que é."

16 de junho.
Vento frio e garoa
na subida íngreme.
Vales verdes e florinhas amarelas
de Galícia.
Ah!... o Cebreiro
tão falado
tão temido.

Aqui estamos diante do cálice
que um dia
recebeu o sangue da transmutação
da fé camponesa.

Graal de Espanha
no caminho de Tiago.

O amor do simples
devoção
enfrenta o frio e a chuva
a ladeira íngreme e tortuosa.
Sete quilômetros.
Transforma o vinho em vida renovada.
O sangue que escorreu da cruz
há vinte séculos
banha de novo a terra.
Recolhido no cálice sagrado.

Santo Graal do Cebreiro
como Maria acolheu Jesus
como Jesus acolheu o Cristo
como a alma acolhe o Espírito Santo.
Acolhe nosso próprio sangue.

O milagre ocorre sempre de novo.

Doce e terno feminino.
Presença imaculada,
amorosa e protetora.
Prepara meu coração
pois acolho:
Eu sou.

Assim.

Cruzando montanhas sem fim
subindo e descendo
Espanha
pisando merda de vaca.

Nas pegadas de Tiago.

O batismo das águas veio manso.
Nem nos ensopou como temíamos
veio manso garoa e cheio de frio.
Frio veio bravo.
Beto: "Quase me congelou!"
E passou.

Como tudo no caminho.

17 de junho.
Galícia!
Uma variedade de paisagens
montanhas plantações
pastos florestas.

Saída de Sarriá.
Árvores majestosas acompanham o caminho
com a dignidade
de quem acompanhou
o próprio apóstolo.
Fontes de água pura
e fresca.

A Galícia é especial.
A alma se enche de um verdor
uma vitalidade.
O pensamento descansa.

Eu desapareço.

A imagem da morte.

Morte é o fim do caminho.
É porta para ressurreição.
A renovação da vida.

"Primeiro ressuscitar
depois morrer",
diz João Serafim no futuro.

Agora é passado.

Cidades e paisagens
sem fim
por todos os campos e pastagens.
Caminhos

do Eterno sem caminho.

Não importa
por onde você tem andado.
Nem de onde você vem.
Se você encontra a seta
Amarela

você está no Caminho.

A névoa sobe do lago.
A ponte nos atravessa.

Beleza enche o coração.

18 de junho.
Azul
azul infinito
e um traço branco.
A jato

no céu.

Encontrei minha mão.
Vi a criança
e ordenei que morresse.
Acordei no sonho
e ela se transformou no unicórnio.
Vi a chuva de estrelas.

Os campos stela.

Quadras com muito esmero:

Sol escaldante
vento refrescante.
Vem Deus.
Maran Atha.

Subida íngreme
fôlego importante.
Vem Deus.
Maran Atha.

Descida forte
tendões flexíveis.
Vem Deus.
Maran Atha.

Caminho plano
conforto peregrino.
Vem Deus.
Maran Atha.

Asfalto quente
sombra benfazeja.
Vem Deus.
Maran Atha.

Inspirar.
Expirar.
Vem Deus.
Maran Atha.

Direito esquerdo
esquerdo direito.
Vem Deus.
Maran Atha.

Caminhante
há caminho:
o caminho é feito com a cabeça e os pés
ao longo do tempo.

Cumpre.

O Cristo de Furelos
nos estende a mão direita
da cruz
onde nos convida
à morte santa
o perdão definitivo.

À ressurreição.

Hoje recebi uma bênção.
É graça!
A cordinha quebrou no pescoço.
Perderam-se.

Dor! Ó dor!

Medalha de Santiago –
Vieira de Ouro
com o amor de minha mulher.

Anel de diamante –
de realizar de poder do Pai
com todo amor para minha filha.

Mais de setecentos quilômetros percorridos.
Inseparável alimento vitalidade força
Preparando. Captando. Impregnando.
Absorvendo a cada passo.
Para retransmissão.
Perderam-se num átino.

Desatino.

Foram encontradas me foram devolvidas.
A medalha primeiro.

Descia eu a escada
Chocado procurando rastejando farejando
sem saber por onde começar já tendo começado.
A moça do albergue nesse instante perguntava
Um a um se era dele – de quem era?

Dezenas de peregrinos.
Bem na hora eu descia atônito desmaiado vazio.
Impossível! Mãe de Deus! Era a minha!
Douradinha na mão dela era ela medalhinha!
Voltando a mim retornava
devolvida.

Perguntei pelo onde perguntei pelo anel
– um anel não estava?
Não tinha visto – tinha anel? Fomos junto.
Ela viu primeiro. Agachou triunfante o anel
chão do hall do banheiro
caído esperando. Chamando?
Graças a Deus! Era ele!

O momento mais triste de toda caminhada.
Apalpei o peito não acreditei! Perdeu? Como?
Quebrou? Onde?
Não é possível! E agora? Reviro roupa, cama,
chão. Ai!...
Aquilo que fora trabalhado durante todo o caminho
e antes ainda...
Era a última etapa. Era.
Perdido?!
Não! Não pode ser!
Tristeza derrota frustração impotência.
Até vergonha sentia.
Ando. Onde?

Alegria sem fim!
O momento mais feliz de toda caminhada!
O poder engendrara uma última prova
para mim para o anel a medalha.
Bateu-me na cara! Apunhalou-me. Derrotou-me.
Coroou-me.
Colocou-me no lugar.
Confirmou o mistério o Maior a força
a mente não alcança.
Um pequeno milagre.
Solidariedade que permeia o caminho.
Amizade.

Generosa.

Sol inclemente.

Entendo porque o monte
é do Gozo.

Não é porque estamos a 4 km de Santiago
– só 4 km?
Nem porque já se vê a torre da igreja.
Não.

É que este último trecho
desde Arzua
numa tacada
sob sol escaldante:

é foda!

"Com amor no coração
preparamos a invasão
cheios de felicidade
entramos na cidade
amada
Peixe espada peixe luz
doce bárbaro Jesus..."

"Alto astral
altas transas
lindas canções
nossos sonhos são muito bons..."

Doces Bárbaros, quem diria?!
Descendo a ladeira
Entrando na cidade.
Ansiada.
Beto mancava. Eu desatava.

Feliz cidade.

Compostela.
A praça é ampla e antiga.
A igreja é grande é silenciosa
majestosa
como convém a uma Catedral
apesar dos turistas barulhentos
suas filmadoras seus flashs luminosos.

O Portal com o pilar
Santiago no alto de sua Glória.
O devoto com sua mão
na mão do santo
cabeça baixa
na cabeça do santo.
Orações.

Agradecimentos e pedidos
fala o coração do peregrino.

Depois o altar maior.
Riqueza e miríades de detalhes
em torno de São Tiago.
Seus olhos abertos
vendo nossa pequenez
humana.
Tudo recebendo
com a grandeza
humana
onde se cumpriu a promessa
de Cristo.

Embaixo a tumba.
A urna de prata
recebe o coração de ametista
através das grades
que afastam peregrinos e turistas.
Não impedem o encontro.

Não importa isso.
Nada disso importa.
São detalhes superfície forma.
Não importa nada.

Nada nos afasta da essência.
O que é.
A jornada é completa.
A alegria!
Ah!...

Indizível.

A glória do caminho
não está ali em Santiago de Compostela.
Tampouco na Catedral.
Muito menos na tumba.

A glória do caminho
é o coração peregrino
onde vive Tiago
vivo o Espírito.
Sem nome.

Sem camisa.

Toda a caminhada
onde bate o coração
pulsa o reino de Deus.

Gratidão.

Esta terra
Este corpo.
É um bom lugar para se divertir,
Nascer agora no agora.

Encontrei esta brecha
Que escapa do passado.
Escapa do futuro.
Livre do tempo.

Sem tempo.
Esta terra
Este corpo.
É um bom lugar para brincar.

Na carne
Na mente.

Eu sou.

Eu
Sou uma peça de resistência.

Eu Sou.
Who knows?

Eu Sou

Eu Sou o Eu Sou

Eu Sou

Assim

A glória do Caminho.

A comunhão
de ter caminhado.

Jantar como um rei.

Preço de um disparate.
Como toda comemoração
com mais *comem* do que *oração*.

Aproveitar a hora!
Chuleton e vinho la Rioja
com propriedade e gula.
Morangos com creme.
Exagero e sabor.
Como um romano dos velhos tempos.

Vomitei tudo.

A praça da Catedral.
Um hotel de muitas estrelas.
Muita gente do caminho.
Reencontros impensáveis!
A emoção da chegada.
"Consegui!" – explode o coração!

Realiza o Ser!

A igreja cheia.
(Turista também é gente.)
A missa é do peregrino.

Uma voz profundamente bela
da irmã que canta
os passos da missa
como uma anunciação
que alguns dos fiéis repetem
cantando também.
É anunciada a chegada dos peregrinos do dia
vindos daqui e dali.

Alemanha França Holanda
América do Norte
Austrália
Nova Zelândia
Uruguai
Venezuela
Áustria
Bélgica
Brasil
Dinamarca Noruega
Inglaterra.
Das cidades da Espanha.

As orações vão unindo as pessoas
Que sentam, levantam, ajoelham.
Conforme o movimento.
Até que a paz de Cristo
traz uma confraternização
geral alegre.
Sincera na ocasião.

Vem o incenso
O botafumeiro que todos anseiam
Corda grossa.
Sete homens puxando
aquele incensário imenso.
Feito pêndulo no vau da igreja.
No ritmo do coração.
Olhos marejam.
Peito enche.
Aquela coisa forte.
Sem palavras.
Cada peregrino sabe.

A dor e a delícia de estar ali.

Cada ser humano
sabe!

Incognoscível.

Um paradoxo.
Entregar-se ao caminho.
Fazer o caminho.
Dilema?

Quando decido pelo Voltaren
Decido fazer o caminho a qualquer custo
E não me entregar a ele.
Chegar a qualquer custo, embora requeira entrega,
é um ato da vontade.

Parar é entrega.
Quando o caminho pede
parar é entregar-se ao caminho.
Entregar-se ao que não tem caminho.

Quem se expressa na incapacidade dificuldade dor?
Quem se expressa pelo corpo?
Quem no corpo fala por esses limites
confortos
e estados de alma?

Esse o paradoxo humano:
Ser e vontade.
O atemporal no tempo.

Quando decido pelo Voltaren
O tempo opta pelo tempo.
Entre o cálice e a espada
Prevalece a espada.
Quando paro espero fico
Prevalece o cálice.

O atemporal é.

Santa Marina Portugal
Menina de Deus
Abençoada pelo Espírito Santo
pelo Sagrado Coração de Jesus, o Cristo.

Intercede por nós junto ao Pai
regente do nosso destino,
para que encontremos nosso caminho
e realizemos nosso Espírito
os propósitos que nos fizeram nascer.

Para nossa felicidade e para o bem de todos.

Amém.

(Exatamente um ano depois.)
Azul é o céu.
A vasta expansão que nos envolve.
Acolhe.
Protege.
O manto da Virgem
Que acolhe a criança que inicia seu caminho.
E por todo o caminhar.

Verde é a vida da terra
A vitalidade da carne das plantas.
Infinitos campos
Sagrados para a gente caminhar brincar.

Vermelho somos nós.
Gente que caminha
Sangue que circula
Cansaço, êxtase, paixão e dor.
Medos e conquistas.

Amarelo é o Caminho
Santo
Espírito de Tiago.
Todos os peregrinos, buscadores.
Antes de Tiago, depois de Tiago.
Setas que nos guiam.
Sopro.

Sonho de Deus.

Pinturas do Caminho
Não são ilustrações
Nem cópias do natural.

São estados de alma
Que pertencem ao caminho
Símbolos
Ícones
Espírito de Tiago.
Da paisagem.
Dos peregrinos.
Do céu que tudo abarca.
Abraça.
Mãe imaculada que ama
E acolhe.

Pinturas do Caminho
São fragmentos do invisível
Tornados visíveis.
Pelas mãos do peregrino

e da minha filha.

Ícones da essência.
Essa experiência que anda junto
no coração de cada um.
Cada peregrino.

Indica-nos.
Leva-nos.
Move-nos.
O fogo de Pentecostes.

Além de todas as crenças.

Salve rainha!
Mãe de misericórdia,
Vida, doçura, esperança nossa.
Salve!
A vós bradamos, degredados, filhos de Eva;
A vós suspiramos, gemendo e chorando, neste vale de lágrimas.
E após, advogada nossa,
esses olhos misericordiosos, a nós volvei,
E, depois deste desterro,
mostrai-nos Jesus,
bendito fruto do vosso ventre!
Ó clemente, ó piedosa, ó doce,
sempre virgem Maria,
Rogai por nós, Santa Mãe de Deus,
para que sejamos dignos
da promessa de Cristo.

Amém.

Existe apenas a Fonte aparecendo. Tudo que se manifesta é sempre e somente uma aparência da Fonte – o universo aparente, o mundo, a história de vida, o corpomente, sentimentos, o senso de separação e a busca da iluminação. Tudo é o um aparecendo como dois – a não-coisa aparecendo como todas as coisas. O drama da busca é totalmente sem sentido ou propósito; é um sonho acordado. Não existe uma inteligência profunda tecendo o destino e nenhuma escolha funcionando em nível algum. Nada nasceu e nada morre. Nada está acontecendo. Mas isto, assim como é, convida o aparente buscador a redescobrir sua origem. Quando o convite não é aceito por ninguém, então se vê que existe apenas a Fonte – o sem causa, o imutável, a impessoal tranqüilidade de onde o amor incondicional transborda e celebra. Este é o maravilhoso mistério.

Tony Parsons

Não pertenço a nenhuma tradição religiosa. Não sou afeito a rituais e cerimônias em grupos. Fui criado dentro da tradição cristã comum e não praticante. Fui batizado porque é normal batizar na igreja. Católica. Como muitos bebês. Pelo costume. Não fiz primeira comunhão.

Minha mãe me ensinou a rezar o Pai Nosso, quando criança, antes de dormir. Estudei em colégio Adventista porque era o mais perto de casa. Morávamos em um sítio.

Aos dezesseis anos os livros de Lobsang Rampa me abriram para o lamaísmo e budismo tibetano. Li Krishnamurti pela primeira vez em uns fragmentos de livro espalhados pelo chão em uma casa amiga. Fernando Pessoa, através de Alberto Caeiro e Álvaro de Campos calaram fundo na alma. Livros do meu avô me abriram para Teosofia, para a sabedoria hinduísta, para a Vedanta e Advaita. Veio a macrobiótica de Ohsawa e Kikuchi aos dezenove anos. E o estudo desenfreado dos livros básicos de muitas tradições religiosas. Budismo, Zen Budismo, Taoísmo, Hinduísmo, Sufismo, Vedanta, Confucionismo, Yoga de Ramakrishna, Ramana Maharshi, Aurobindo. Li a Bíblia Cristã, do começo ao fim, como se lê um livro que se quer conhecer por inteiro. A Umbanda, o Candomblé e a tradição Espírita me são muito íntimas. A psicologia Humanista, o Grito Primal e a Gestalt, minha iniciação no significado e na arte da Terapia.

Tai Chi Chuan e a Antroposofia trouxeram-me a terra. O Ser, por trás das idéias, se mostrou operante. A realidade se discerniu da ilusão e da crença. A sabedoria viva, que opera milagres, é o que importa, é o que move e sustenta o mundo.

Aprendo que a verdade não tem fronteira, não tem raça, não tem uma língua. A experiência mística, a realização humana, a compreensão da não-dualidade não tem época nem pré-requisitos. É uma terra sem caminhos, não acessível por nenhum método e, no entanto, sempre presente, também no âmago de todas as tradições, que ao irem se tornando em "tradições" foram, na mesma proporção, se afastando da percepção da experiência não-dual perene. Foram dando crédito ao mundo do conhecimento e da ignorância; dando crédito à ilusão da separação e à dualidade; dando crédito aos dogmas e aos especialistas, às autoridades. Sempre em busca de segurança.

Krishnamurti é meu pai espiritual. Ramana é minha mãe. Steiner, a Medicina e a Psicologia Transpessoal e Integral, a Dinâmica Energética do Psiquismo me deram ferramentas de trabalho. Fui batizado na tradição ortodoxa pelo sacerdote hesicaste Jean-Yves Leloup. Faço parte dessa inspiração que é o Colégio Internacional dos Terapeutas. A terra, meu lugar de aprender. E silêncio, que a vida é.

Paradoxo é a linguagem do mistério. Estar encarnado, caminhar e falar é o único paradoxo.

Sou um homem religioso,
profundamente religioso.
Um devoto.

Um devoto
do que não tem nome nem forma.
Sou devoto do real.

(Nome e forma têm realidade e não são reais.)

A bênção
da consciência da inconsciência
caminha no espaço
no tempo
cuidando admirando celebrando:
a multiplicidade.

Só Um é real.
Sem nome sem forma.
Omnipresente.
Om.

Quem caminha?

Finisterra é o mar
onde a terra acaba.
Abismo desconhecido.
Abóbada imaculada.
A vida se abre para o infinito.

Há mar em todos os caminhos.

Agora sei.

Quando o sol me bate nas costas
Estou no caminho.

Quando me ilumina a face
Estou chegando.

Na barca da noite
Sono sem sonhos.

Tudo que começa, acaba.

A imensidão daquele fogo e sua intensidade, a tudo penetrava, entrava na terra. A terra era o céu e o céu era a terra. Tudo estava vivo e explodindo em cor, e a cor era Deus, não o Deus do homem... Você era da mesma qualidade daquela luz, queimando, furiosa, explodindo, sem sombras, sem raízes e palavras. E quando o sol baixou ainda mais, cada cor se tornou mais violenta, mais intensa, e você estava completamente perdido, passada toda possibilidade de lembrança. Era um anoitecer que não tinha memória.

Krishnamurti

Acordado.
Em campos verdes.
Berço esplêndido.
Só.
Nada me falta.

Uma gloriosa manhã.

Impressão e Acabamento
Com fotolitos fornecidos pelo Editor

EDITORA e GRÁFICA
VIDA & CONSCIÊNCIA

R. Agostinho Gomes, 2312 • Ipiranga • SP
Fonefax: (11) 6161-2739 / 6161-2670
e-mail:grafica@vidaeconsciencia.com.br
site: www.vidaeconsciencia.com.br